# ANTOLOGIE LYRIQUE,

## DEUXIÈME ÉDITION

## DE MOMUS EN DÉLIRE.

---

## COMPLÉMENT.

---

IMPRIMERIE DE PILLET.

# ANTOLOGIE LYRIQUE,

OU

## CHANSONS BACHIQUES ET FOLATRES

TANT DES CHANSONNIERS QUE DES AUTRES POÈTES FRANÇAIS,

DEPUIS VILLON JUSQU'A NOS JOURS;

## DEUXIÈME ÉDITION DE MOMUS EN DÉLIRE,

Augmentée de Chansons de Darinel, Belleau, Desmares, Pierre Corneille, Racine père, Pavillon, Pocquelin de Molière, Dufresny, Regnard, Coulanges, Vergier, Crébillon fils, Regnier-Desmarets, Dorneval, Pannard, de la Motte, Gresset, Mme la marquise du Deffant, du président de Montesquieu, de Diderot, Bertin, St-Peravi, Pezay, Rochon de Chabannes, Bonnier de Layens, l'abbé de Voisenon, Thyard, de la Trémouille, de la Bergerie, Sedaine, d'Arnaud-Baculard, de Bièvre, St-Lambert, Masson, Lebrun, J. Delille, Masson de Morvilliers, François de Neufchâteau, Pons de Verdun, Millevoye, Dejouy, DelaHaye fils, et Anonymes, complétant le Recueil.

*Mollia mollibus, suavia suavibus miscentur.*



A PARIS,

Chez BÉCHET, Libraire, quai des Augustins;
Et ARTHUS BERTRAND, Lib., rue Haute-Feuille.

1811.

# AVERTISSEMENT.

LA raison pour laquelle je n'ai pas donné, avec la seconde édition, les augmentations que je publie, c'est que le tems m'avait manqué pour les réunir.

Au moyen de ce supplément, on a maintenant un Recueil où se trouvent des chansons de Marot, Malherbes, Racan, Regnier, Pierre Corneille, Racine père et fils, Molière, Crébillon père et fils, Regnard, Dufresny, La Fontaine, Fénélon (1), Boileau-Despréaux, J. B. Rousseau, Chaulieu, Lafare, Quinault, Mme et Mlle Deshoulières, Fontenelle, Voltaire, Piron, J.-J. Rousseau, Pannard, Collé, Favart, Gresset, Bernard, Bernis, Colardeau, Moncrif, du président Hénaut, du président de Montesquieu, de Lebrun, Collin-d'Harleville, Parny, Delille, en un mot de tout ce qu'il y a de plus illustre parmi les poètes français. Une pareille Collection doit se recommander d'elle-même.

Ce qu'on y distinguera, c'est que ce ne sont pas les plus grands génies qui ont fait les chansons les plus agréables, tant il est vrai qu'il faut être né pour un genre.

(1) Que Bossuet, Fléchier, Bourdaloue, Massillon, La Neuville, Montagne, Charon. Labruyère, Larochefoucault, Buffon, Mably, Condillac, et... et... n'ont-ils publié aussi quelques chansons? Je me serais fait un plaisir de les insérer dans mon Recueil.

*N. B.* Le signataire gros A, du Journal de l'Empire, m'a reproché d'avoir tout-à-fait méprisé les chansons de Ferrand, de Pavillon et de plusieurs autres chansonniers du 17e siècle, dont je n'ai rien cité. J'avoue que les chansons de ces deux poètes, ainsi que celles de Vergier, de Coulanges et d'autres, ne m'avaient pas paru devoir figurer dans mon Recueil, les unes comme étant trop faibles et sans couleur, les autres comme étant trop licencieuses.

Voici le commencement de la moins indécente de celles de Ferrand :

Ma charmante Nanette,
J'entends un petit bruit,
C'est ton c.l qui caquette ;
Apprends-moi ce qu'il dit...,

Qu'on lise la chanson de Vergier : *C'est Cupidon qui m'inspire*, en 13 couplets.

Comment M. l'abbé les veut-il ?

Son reproche prouve sa modestie et son jugement, comme la pièce dont il a dit que j'aurais dû faire une chanson prouve son goût, et comme son examen de mon Recueil prouve sa délicatesse et sa bonne foi. Mais *on connaît* le signataire gros A.

Cependant, pour lui montrer que je suis docile, je rapporte dans ce supplément des chansons de Coulanges, de Pavillon et de Vergier. Qu'aurait obtenu de moi le signataire gros A, s'il avait fait son article avec justice, vérité, impartialité, politesse ! Mais *on connaît* le signataire gros A.

# ANTOLOGIE LYRIQUE,

## DEUXIÈME ÉDITION

## DE MOMUS (1) EN DÉLIRE.

### DARINEL.

( Il vivait dans le XVIe siècle. )

### CHANSON RUSTIQUE.

AIR :

ADIEU, ville, vous commands : (2)
Il n'est plaisir que des champs.

L'autre hier trouvai Silvette
Son petit troupeau gardant ;
Quand je l'aperçus seulette,
L'Amour allai demandant.
Adieu, ville, etc.

A quoi pensez-vous, bergère,
En cette fleur de quinze ans ?
La beauté passe légère,
Comme la fleur au printems.
Adieu, ville, etc.

Fille qui ne fait ami
De tout son désir content,
On ne fait cas ne demi (aucunement)
De son teint, de son corps gent.
Adieu, ville, etc.

(1) Momus lui-même chante, produit par trois des plus grands génies. *Voyez* page 9.
(2) Je vous laisse.

Il vous donnera ceinture,
Demi-ceint ferré d'argent ;
Rouge cotte, et la doublure
Plus que l'herbe verdoyant.
Adieu, ville, etc.

A la fête aurez la danse,
Et le joyau triomphant.
— Lors vis à sa contenance,
Qu'elle s'allait échauffant.
Adieu, ville, etc.

Répond qu'elle est si jeunette,
Qu'elle n'entend mon prêchement ;
Mais qu'on dit qu'en amourette
N'y a que peine et tourment.
Adieu, ville, etc.

Depuis l'épie au passage,
Tant que la trouvai filant
A l'orrêt du bocage, (au bord)
Près de son troupeau bêlant.
Adieu, ville, etc.

Dieu garde la filandière,
Et celui qui la surprend !
Elle regarde derrière,
Et un doux salut me rend.
Adieu, ville, etc.

Belle, dis-je, à ce solage (1)
Vous hâlez votre teint blanc :
Vous seriez mieux à l'ombrage
De ce petit coudre franc.
Adieu, ville, etc.

(1) A cette ardeur du soleil.

Voici un chapeau de paille,
Un couvre-chef tavolant. (1)
Combien que le don peu vaille,
Le cœur est franc et vaillant.
Adieu, ville, etc.

Je l'affuble, et lui déclare
Que de soif allais mourant;
Me mène à la source claire,
Où lui dis le demourant. (le reste)
Adieu, ville, vous commands;
Il n'est plaisir que des champs.

---

## BELLEAU.

(Il vivait dans le XVIe siècle. Il mourut le 6 mars 1577.)

### CHANSON SUR AVRIL. (2)

Air :

Avril, l'honneur et des mois
Et des bois;
Avril, la douce espérance
Des fruits qui, sous le coton
Du bouton,
Nourrissent leur jeune enfance.

Avril, l'honneur des soupirs
Des zéphirs,
Qui sous le vent de leur aile
Dressent encor ès forêts
Des doux rets,
Pour ravir Flore la belle.

(1) De toile : d'où est venu *Tavaiole*.
(2) Chez nos aïeux, il signifiait le *Printemps*.

Avril, c'est ta douce main
Qui du sein
De la nature desserre
Une moisson de senteurs,
Et de fleurs,
Embaumant l'air et la terre.

Avril, l'honneur verdissant,
Florissant
Sur les tresses blondelettes
De ma dame, et de son sein
Toujours plein
De mille et mille fleurettes.

C'est toi, courtois et gentil,
Qui d'exil
Retires ces passagères,
Ces Arondelles qui vont,
Et qui sont
Du printems les messagères.

C'est à ton heureux retour
Que l'Amour
Souffle à doucettes haleines
Un feu discret et couvert,
Que l'hiver
Recelait dedans nos veines.

---

Il y a neuf autres couplets sur les effets du Printems ou d'Avril.

# DESMARES.

( Son Recueil (1) a été publié en 1659. )

Couplets (2) détachés de ceux adressés à Mlle B....

Air :

Astres brillans au firmament
Auprès d'elle vous êtes sombres ;
Tes clartés ne sont que des ombres,
Toi dont Céphale fut l'amant.
Et toi, père de la lumière,
Même au plus beau de ta carrière,
Tu n'as que de communs appas ;
Ta beauté n'est plus que seconde,
Soleil, désormais tu n'es pas
La plus belle chose du monde.

Vous qui portez au mois de mars
La peinture et les cassolettes,
Belles fleurs, sachez que vous êtes
Créatures de ses regards ;
Chacune prend sur son visage,
Le coloris de son feuillage ;
La rose est teinte du beau sang
Qui rougit sa lèvre jumelle ;
Sur son front le lis prend le blanc ;
L'iris le bleu de sa prunelle.

(1) Il m'a été communiqué par M. Pons de Verdun, dont la bibliothèque est une des plus curieuses par sa variété.

(2) Je les insère dans ce Recueil, particulièrement afin d'avoir l'occasion de rapporter le Sonnet adressé à la même demoiselle B...., lequel est en note ci-après.

Ainsi tant de trésors divers
Qu'elle a reçus de la nature,
Mettent ma Muse à la torture
Quand je lui demande des vers.
Belle Amaryllis, je l'avoue,
Si vous voulez que je vous loue
Au point que vous le méritez,
Mes vers n'y peuvent satisfaire,
Et je promets à vos beautés
De les adorer et m'en taire. (1)

---

(1) SONNET A Mlle B....

Pour, aux siècles futurs, exprimer son adresse,
Et pour faire admirer son esprit et sa main,
Apelle, pour sujet, choisit une déesse
Dont la beauté passait le mortel et l'humain.

Chacune des beautés qui captivaient la Grèce,
Lui fournit quelque chose à ce fameux dessein;
De l'une il prit la bouche, et de l'autre la tresse,
De l'autre les beaux yeux, de l'autre le beau sein.

Ce peintre se montra peu savant, ce me semble :
Pourquoi lui fallut-il tant de beautés ensemble,
Pour trouver des trésors que vous possédez tous?

Divine Amaryllis, vous n'étiez pas au monde
Pour peindre une beauté parfaite et sans seconde,
Apelle assurément n'eût voulu voir que vous. (*)

A SYLVIE,

*Sur un charbon qui l'avait brûlée.* (Sonnet.)

Si d'un charbon ardent votre main innocente,
A reçu le baiser qui vous met en courroux,

(*) Si Lainez n'a pas pris ce Sonnet pour motif de son madrigal à madame Martel, on peut dire que les deux auteurs se sont bien rencontrés. Lainez est né en 1650.

C'est que cet élément, de ses frères jaloux,
Ne pouvait plus céler sa flamme impatiente.

Il n'est chose ici-bas, ni morte ni vivante,
Qui des traits de vos yeux ne ressente les coups;
Tout l'univers, Sylvie, a de l'amour pour vous,
Ange, astre, homme, animal, minéral, pierre, plante.

L'air est tout glorieux que vous le respiriez :
La terre vous adore en vous baisant les pieds,
L'eau souvent sur vos mains a l'honneur de paroître.

Vous saviez tout cela, mais vous ne saviez pas,
Si ce baiser de feu ne vous l'eût fait connaître,
Que le chaud élément brûlait pour vos appas.

On peut juger par ce deuxième Sonnet, et par les couplets qui viennent d'être rapportés, jusqu'où allait le mauvais goût de certains poètes, au temps même où le génie de plusieurs autres brillait le plus.

## CORNEILLE (Pierre),

### En Société avec Molière et Quinault.

### COUPLETS.

Air :

Le dieu qui nous engage
A lui faire la cour,
Défend qu'on soit trop sage.
Les plaisirs ont leur tour;
C'est leur plus doux usage
Que de finir les soins du jour.
La nuit est le partage
Des jeux et de l'amour.

Ce seroit grand dommage
Qu'en ce charmant séjour
On eût un cœur sauvage.
Les plaisirs ont leur tour ;
C'est leur plus doux usage, etc.

## AUTRES.

Air :

GARDEZ-VOUS, beautés sévères,
Les Amours font trop d'affaires ;
Craignez toujours de vous laisser charmer.
Quand il faut que l'on soupire,
Tout le mal n'est pas de s'enflammer ;
Le martyre
De le dire
Coûte cent fois plus que d'aimer.

On ne peut aimer sans peines :
Il est peu de douces chaînes ;
A tout moment on se sent alarmer.
Quand il faut que l'on soupire, etc.

## AUTRES.

Air :

BACCHUS veut que l'on boive à longs traits ;
On ne se plaint jamais
Sous son heureux empire :
Tout le jour on n'y fait que rire,
Et la nuit on y dort en paix.

Ce dieu rend nos vœux satisfaits :
Que sa cour a d'attraits !
Chantons-y bien sa gloire.
Tout le jour on n'y fait que boire ;
Et la nuit on y dort en paix.

AUTRES (chantés par MOMUS).

AIR :

FOLATRONS, divertissons-nous,
Raillons, nous ne saurions mieux faire;
La raillerie est nécessaire
Dans les jeux les plus doux.
Sans la douceur que l'on goûte à médire,
On trouve peu de plaisirs sans ennui ;
Rien n'est si plaisant que de rire,
Quand on rit aux dépens d'autrui.

Plaisantons, ne pardonnons rien,
Rions, rien n'est plus à la mode,
On court péril d'être incommode
En disant trop de bien.
Sans la douceur que l'on goûte à médire, etc.

AUTRES.

AIR :

AIMABLE jeunesse,
Suivez la tendresse ;
Joignez aux beaux jours
La douceur des amours.
C'est pour vous surprendre
Qu'on vous fait entendre
Qu'il faut éviter leurs soupirs,
Et craindre leurs désirs :
Laissez-vous apprendre
Quels sont leurs plaisirs.

Chacun est obligé d'aimer
A son tour;
Et plus on a de quoi charmer,
Plus on doit à l'Amour.

Un cœur jeune et tendre
Est obligé de se rendre.
Il n'a point à prendre
De fâcheux détour.
Chacun est obligé d'aimer, etc.

Pourquoi se défendre ?
Que sert-il d'attendre ?
Quand on perd un jour
On le perd sans retour.
Chacun est obligé d'aimer, etc.

---

## RACINE (père).

( Quoiqu'il maniât parfaitement l'épigramme, la chanson n'était pas son genre.)

CHANSON contre l'ASPAR de Fontenelle.

AIR : *Adieu donc Dame Françoise.*

ADIEU, ville peu courtoise,
Où je crus être adoré.
Aspar est désespéré :
Le poulailler de Pontoise
Me doit ramener demain
Voir ma famille bourgeoise,
Me doit ramener demain
Un bâton blanc à la main.

Mon aventure est étrange !
On m'adorait à Rouen ;
Dans le Mercure Galant
J'avais plus d'esprit qu'un ange :
Cependant je pars demain
Sans argent et sans louange,
Cependant je pars demain
Un bâton blanc à la main.

# PAVILLON. (1)

(Il vivait dans le XVII^e siècle. Il fut reçu de l'Académie française, en 1691, à la place de Benserade).

## SUR LE VIN.

AIR :

On peut trouver dans son amour
Une maîtresse inexorable ;
Mais quiconque a moyen de boire tout le jour,
Ne saurait être misérable.

Si la malice du destin
Vient vous affliger d'une absence,
Le moyen le plus sûr de prendre patience,
C'est de prendre beaucoup de vin.

---

(1) C'est de lui le Sonnet sur les *Prodiges de l'Esprit humain :*

Tirer du ver l'éclat et l'ornement des rois,
Rendre par les couleurs une toile parlante,
Emprisonner le temps dans sa course volante,
Graver sur le papier l'image de la voix ;

Donner aux corps de bronze une ame foudroyante,
Sur les cordes d'un luth faire parler les doigts,
Savoir apprivoiser jusqu'aux monstres des bois,
Brûler avec un verre une ville flottante ;

Fabriquer l'univers d'atômes assemblés,
Lire du firmament les chiffres étoilés,
Faire un nouveau soleil dans le monde chimique ;

Dompter l'orgueil des flots et pénétrer partout,
Assujétir l'enfer dans un cercle magique ;
C'est ce qu'entreprend l'homme et dont il vient à bout.

Après un bon repas, qu'importe
Qui meurt ici-bas, ou qui vit,
Qu'on guérisse madame Esprit,
Ou bien que la fièvre l'emporte ?

Avez-vous des procès sans fin,
Etes-vous accablé de dettes,
Enivrez-vous dès le matin,
Toutes vos affaires sont faites.

Etes-vous seul, c'est un abus
De chercher qui vous désennuie ;
Le vin vous divertira plus
Que la meilleure compagnie.

Veut-on devenir le Monsieur
De la chambre de sa commère,
On ne peut avoir cet honneur
Si l'on ne boit comme un compère.

## SUR LES FAUX AMANS.

AIR :

DÉFIEZ-VOUS des amans
Qui se piquent de bien dire ;
Dans les tendres sentimens
Qu'un sincère amour inspire,
Si l'on a de vrais tourmens
L'on se tait et l'on soupire.

Aux dépens de l'Amour, sous de trompeurs appas
L'esprit se fait valoir, pousse de grands hélas ;
Entasse les Zéphirs sur les lis et les roses ;
Il dit mille belles choses,
Mais le cœur ne les sent pas.

(L'auteur donne ensuite, en prose, le portrait d'un pur amour.)

## AUX FLEURS.

Air :

Que votre sort est doux, fleurs qui venez d'éclore,
Et qu'un cœur amoureux en connaît bien le prix!
Vous naissez sur le sein de Flore,
Vous mourrez sur le sein d'Iris.

## A UNE DAME,

### SUR UN MAL DE TÊTE.

Air :

Si c'est une vapeur de la région basse,
Dont un jeune cerveau souvent est embrasé,
Peu de chose vous embarrasse.
Ce n'est qu'une chaleur qui passe,
Et le remède en est aisé.
Accoutumez-vous à l'usage
D'une prise de mariage
Le soir avant votre sommeil.
*Reiteretur* au réveil.
Et si le jour encore vous sentez quelque chose,
Appelez du secours, et redoublez la dose.
Mais tout le monde en vain voudrait vous secourir
Si le mal vient du cœur et vous porte à la tête.
Il faut vous résoudre à souffrir;
Vous êtes trop fidèle, Iris, pour en guérir.

## LA PRÉFÉRENCE MALHEUREUSE.

Air :

Iris a vingt amans qui l'obsèdent sans cesse,
Dont elle fait vingt malheureux.
Je suis le seul, parmi la presse,
De qui sa cruauté daigne écouter les vœux.
Mais d'une aventure si belle,
Rivaux infortunés ne soyez point jaloux ;
Puisque vous m'empêchez d'être seul avec elle,
Je suis plus à plaindre que vous.

## SUR L'INCONSTANCE.

Air :

La constance et la foi ne sont que de vains noms,
Dont les laides et les barbons
Tâchent d'embarrasser la jeunesse crédule,
Pour retenir toujours dans leurs liens affreux,
Par le charme d'un faux scrupule,
Ceux qu'un juste dégoût a chassés de chez eux.

Dès qu'un objet cesse de plaire,
Le commerce amoureux aussitôt doit finir.
Le respect des sermens n'est plus qu'une chimère;
La perte du plaisir, qui nous les a fait faire,
Nous dispense de les tenir.

Aimez, tant que l'amour unira vos esprits ;
Mais ne vous piquez pas d'une fausse constance ;
Et n'attendez pas que l'absence,
Ou les dégoûts, ou les mépris,
Vous fassent faire pénitence
Des plaisirs que vous aurez pris.

Quand on sent mourir sa tendresse,
Qu'on bâille auprès d'une maîtresse,
Et que le cœur n'est plus content,
Que servent les efforts qu'on fait pour le paraître?
L'honneur de passer pour constant,
Ne vaut pas la peine de l'être.

---

## MOLIÈRE (Pocquelin de).

(Voyez ci-dessus l'article *Pierre Corneille*).

### CHANSON.

Air :

L'autre jour d'Annette
J'entendis la voix,
Qui sur sa musette
Chantait dans nos bois :
Amour, que sous ton empire
On souffre de maux cuisans!
Je le puis bien dire,
Puisque je le sens.

La jeune Lisette,
Au même moment,
Sur le ton d'Annette,
Reprit tendrement :
Amour, si sous ton empire
Je souffre des maux cuisans,
C'est de n'oser dire
Tout ce que je sens.

## SUIVANS DE L'AMOUR ET SUIVANS DE BACCHUS.

### CHOEUR.

Bacchus est révéré sur la terre et sur l'onde.
— Et l'Amour est un dieu qu'on adore en tous lieux.
— Bacchus à son pouvoir a soumis tout le monde.
— Et l'Amour a dompté les hommes et les dieux.
— Rien peut-il égaler sa douceur sans seconde ?
— Rien peut-il égaler ses charmes précieux ?
— Fi de l'Amour et de ses feux.
— Ah, quel plaisir d'aimer! — Ah, quel plaisir de boire!
— A qui vit sans amour la vie est sans appas.
— C'est mourir que de vivre et de ne boire pas.
— Aimables fers ! — Douce victoire !
— Ah, quel plaisir d'aimer! — Ah, quel plaisir de boire!
— Non, non, c'est un abus.
Le plus grand dieu de tous, c'est l'Amour. — C'est Bacchus.

### AUTRE.

Ah ! qu'il est doux, belle Sylvie,
Ah ! qu'il est doux de s'enflammer !
Il faut retrancher de la vie
Ce qu'on en passe sans aimer.
— Ah ! les beaux jours qu'Amour nous donne,
Lorsque la flamme unit les cœurs !
Est-il ni gloire, ni couronne,
Qui vaille ses moindres douceurs ?
Qu'avec peu de raison on se plaint d'un martyre
Que suivent de si doux plaisirs !
Un moment de bonheur dans l'amoureux empire
Répare dix ans de soupirs.

## AUTRE.

AIR :

USEZ mieux, ô beautés fières,
Du pouvoir de tout charmer ;
Aimez, aimables bergères,
Nos cœurs sont faits pour aimer.
Quelque fort qu'on s'en défende,
Il y faut venir un jour ;
Il n'est rien qui ne se rende
Aux doux charmes de l'Amour.

Songez de bonne heure à suivre
Le plaisir de s'enflammer ;
Un cœur ne commence à vivre
Que du jour qu'il sait aimer.
Quelque fort qu'on s'en défende, etc.

## AUTRE.

AIR :

PROFITEZ du printems
De vos beaux ans,
Aimable jeunesse,
Profitez du printems
De vos beaux ans ;
Donnez-vous à la tendresse.

Les plaisirs les plus charmans,
Sans l'amoureuse flamme,
Pour contenter une ame,
N'ont point d'attraits assez puissans.
Profitez du printems, etc.

Ne perdez point ces précieux momens.
La beauté passe,
Le temps l'efface,
L'âge de glace
Vient à sa place,
Qui nous ôte le goût de ces doux passe-temps.
Profitez du printemps, etc.

## AUTRE.

AIR :

CROYEZ-MOI, hâtons-nous ma Sylvie,
Usons bien des momens précieux ;
Contentons ici notre envie,
De nos ans le feu nous y convie,
Nous ne saurions, vous et moi, faire mieux.

Quand l'hiver a glacé nos guérets,
Le printemps vient reprendre sa place,
Et ramène à nos champs leurs attraits.
Mais, hélas ! quand l'âge nous glace,
Nos beaux jours ne reviennent jamais.

Ne cherchons tous les jours qu'à nous plaire,
Soyons-y l'un et l'autre empressés ;
Du plaisir faisons notre affaire ;
Des chagrins songeons à nous défaire,
Il vient un temps où l'on en prend assez.

Quand l'hiver a glacé nos guérets, etc.

# DUFRESNY (1).

## SUR LE VIN.

AIR :

CHANTONS le dieu de la vendange,
Que sous ses lois l'amant se range,
Puisque le plus souvent Vénus
Doit ses conquêtes à Bacchus.
    On rend la vie aimable
    En passant tour-à-tour
    Des plaisirs de la table
    Aux plaisirs de l'Amour.

Un peu de vin rend plus jolie ;
Le vin donne de la saillie,
Le vin fait dire de bons mots,
Et tenir de galans propos.
    On rend la vie aimable, etc.

Le vin rend l'amant intrépide,
Il rend l'amante moins timide :
A l'un il fait tout hasarder,
A l'autre il fait tout accorder.
    On rend la vie aimable, etc.

Entre deux ou quatre convives,
Le vin rend les scènes plus vives ;
Un petit souper libertin
Vaut cent fois mieux qu'un grand festin.
    On rend la vie aimable, etc.

(1) Louis XIV disait qu'il y avait deux hommes dans son royaume qu'il ne pourrait jamais enrichir, Dufresny et Bontemps. C'est Dufresny qui a obtenu le privilége du *Mercure de France*.

Le vin dans le sommeil nous plonge,
Ce sommeil vous fait naître un songe
Qui vous revient pendant le jour,
Et qui fait naître enfin l'amour.
On rend la vie aimable
En passant tour-à-tour
Des plaisirs de la table
Aux plaisirs de l'Amour.

### LE BON DÉBITEUR.

AIR : *Filles qui passez par ici*,
ou : *Du Pas de charge.*

De mes importuns créanciers
Je ne dois rien attendre ;
Ils ont saisi sur mes fermiers
Ce que je peux prétendre :
Quatre écus font mon capital,
Ami, veux-tu m'en croire ?
Avant que j'aille à l'hôpital,
Allons vîte les boire.

---

## REGNARD.

### LA NOUVELLE ABBAYE.

(Chanson pour les Demoiselles Loyson.)

AIR :

Pour passer doucement la vie
Avec mes petits revenus,
Ici je fonde une abbaye,
Et je la consacre à Bacchus.

Je veux qu'en ce lieu chaque moine,
Qui viendra pour prendre l'habit,
Apporte, pour tout patrimoine,
Grande soif et bon appétit.

Les vœux qu'en ce temple on doit faire,
Ne peuvent point nous alarmer :
Long repas et courte prière,
Chanter, dormir et bien aimer.

Pour empêcher que les richesses
Ne tentent le cœur de quelqu'un,
L'argent, le vin et les maîtresses,
Tous les biens seront en commun.

Chacun aura sa pénitente,
Conforme à ses pieux desseins,
Et, telle qu'une jeune plante,
La cultivera de ses mains.

Si la belle a quelque scrupule,
Le sage directeur pourra
La mener seule en sa cellule,
Lui lever les doutes qu'elle a.

Afin qu'aucun frère n'en sorte,
Et fasse sans peine ses vœux,
Il sera gravé sur la porte,
*Ici l'on fait ce que l'on veut.*

L'Amour jaloux de la victoire
Que Bacchus remporte en ce jour,
Veut aussi partager sa gloire,
Et fonder un temple à son tour.

Pour abbesse il vous a choisie (1) ;
La lettre est écrite en vos yeux :
Pour être avec plaisir suivie,
Pouvait-il choisir mieux ?

(1) La demoiselle Loyson l'aînée.

L'on reçoit ici la licence
De donner tout à ses désirs ;
Et l'on n'y fait d'autre abstinence
Que de chagrins et de soupirs.

Aimer, boire, point de contraintes ;
Chérir ses frères comme soi,
Voilà nos maximes succintes,
Nos prophètes et notre loi.

(Il y a quatre autres couplets relatifs aux demoiselles Loyson et aux personnes de leur société. On peut les lire dans les Œuvres de Regnard.)

## CHANSON POUR Mlle L....

AIR :

VAINEMENT je cherche quel crime
Rend votre courroux légitime ;
L'Amour contre vous me défend.
Qu'ai-je dit, ou qu'ai-je pu faire ?
Mais je ne puis être innocent,
Puisqu'enfin j'ai su vous déplaire.

Envain l'Amour me justifie ;
Je traîne une odieuse vie :
Heureux si je perdais le jour !
Que me sert-il, dans ma tristesse,
D'être si bien avec l'Amour
Et si mal avec ma maîtresse ?

## POUR LA MÊME, SUR SA MALADIE.

AIR :

ELLE est en proie à mille peines :
Un feu dévorant dans ses veines,
Chaque jour, vient se recéler :
Une fièvre ardente consume
Celle qui ne devrait brûler
Que des feux que l'Amour allume.

# DE COULANGES

(Mort âgé de 85 ans, à Paris, en 1716.)

Ses chansons faisaient les délices de son tems. A 80 ans, il répondit par ce couplet à un directeur qui l'engageait à s'occuper uniquement de son salut :

AIR :

JE voudrais à mon âge,
Il en serait tems,
Etre moins volage
Que les jeunes gens,
Et mettre en usage
D'un vieillard bien sage
Tous les sentimens.
Je voudrais du vieil homme
Etre séparé ;
Le morceau de pomme
N'est pas digéré.

De Coulanges faisait des chansons pour tout le monde ; il en faisait sur tout ce qu'il voyait, sur tout ce qu'il entendait, sur les lieux où il était, etc., etc. C'était le chansonnier le plus déterminé.

## A Mme LA MARQUISE DE SÉVIGNÉ,

### CHARMÉE DE LA LECTURE D'HOMÈRE.

AIR : *De Joconde*,
ou : *Nous jouissons dans nos hameaux.*

ACHILLE contre Agamemnon
Est outré de colère ;
Achille au pauvre Lycaon
Est cruel et sévère :
Vous le voyez toujours les bras
Retroussés jusqu'au coude,
Sanglant au milieu des combats,
Ou dans un coin qui boude.

Ulysse est beaucoup plus prudent,
Et beaucoup plus traitable ;
Calypso le trouvait charmant,
Et Circé fort aimable ;
Mais il devient bien ennuyeux
A la fin du voyage,
Quand il paraît fait comme un gueux
Dans son pauvre ménage.

Cependant ces deux fiers à bras,
Et le fils de Tydée,
Te charment par tous leurs combats
Et leurs grands coups d'épée :
Le Tasse était ton bien-aimé,
Tu ne t'en pouvais taire,
*Altri tempi, altre cure.*
Maintenant c'est Homère.

Quand vous aurez à débiter
Quelque triste aventure,
Marquise, pour bien profiter
D'une telle lecture,
Du grand Achille n'allez pas
Prendre la pétulance ;
Mais suivez toujours pas à pas
D'Ulysse la prudence.

A l'infante Nisicaa,
Dès le point de l'aurore,
Minerve vient crier, ha ! ha !
Quoi, vous dormez encore !
Allez, sortez de votre lit,
Courez à la rivière ;
De vos mains lavez votre habit
Royale Lavandière.

A ces mots la princesse part,
Se lance, vole, arrive,
Plus légère et vîte qu'un dard,
Sur la prochaine rive ;
Habits dans l'eau, savon en main,
Elle lave, elle frotte
Son manteau, son vertugadin,
Sa chemise et sa cotte.

Cependant Ulysse battu
Par un cruel orage,
Le cœur constant et le corps nu,
Fend les flots à la nage,
Il prend terre, et soudainement
Sa généreuse fille,
Bonnement et modestement
De ses juppes l'habille.

En chantant cet événement,
  Dites à la comtesse,
Qui mérite si justement
  Toute votre tendresse,
Qu'Infantes de l'antiquité,
  De race bonne et belle,
Avaient une simplicité
  Qu'on ne voit point en elle.

## REMÈDE POUR LE MAL DE DENTS.

Air : *Que je regrette mon amant !*

Voulez-vous pour le mal de dents
Un remède dont on se loue ?
Appliquez, sans perdre de temps,
Votre fesse sur votre joue :
Si vous l'y tenez quelque temps,
Vous n'aurez jamais mal aux dents.

## SUR LA NOBLESSE.

Air : *De Joconde,*
ou : *Filles qui passez par ici.*

D'Adam nous sommes tous enfans,
  La preuve en est connue,
Et que tous nos premiers parens
  Ont mené la charrue ;
Mais las de cultiver enfin
  La terre labourée,
L'un a dételé le matin,
  L'autre l'après-dînée.

## CONSEIL A UN AMI.

AIR : *De Joconde*,
ou : *Vous voulez me faire chanter.*

ECOUTE, ami triste et jaloux,
Ce que je te conseille,
Tu n'aimes pas mieux tes yeux doux
Que j'aime ma bouteille :
Ainsi que je la traite, apprends
A traiter ta bergère ;
Je la quitte dès que je sens
Qu'elle devient légère.

## CHANSON BACHIQUE.

AIR : *De la marche du prince d'Orange.*

AMIS, décoiffons la bouteille,
Ne nous donnons plus qu'au vin.
Si nos belles
Font les cruelles
Mocquons-nous d'elles,
Buvons toujours ;
Bacchus contre l'amour
Est un puissant secours.

## AUTRE.

AIR :

BACCHUS m'avait promis un jour
De guérir ma raison, de m'ôter mon amour,
Et d'enlever à Cloris sa conquête :
Je l'ai cru vainement,
Et sa douce liqueur
A chassé seulement
La raison de ma tête,
Sans chasser l'amour de mon cœur.

## AUTRE.

AIR : *De Joconde,*
ou : *Vous voulez me faire chanter.*

NE fréquentons plus le devin,
Non plus que la devine;
Allons où est le meilleur vin,
La meilleure cuisine.
Pour nous dégager du chagrin,
Qui souvent nous domine,
N'allons jamais chez le voisin,
Allons chez la voisine.

## AUTRE.

AIR : *Tous les maux que m'a faits ma Sylvie.*

VIVE Bacchus! ô qu'il est doux à suivre!
Je trouve son empire sans chagrin.
Un malheureux ne commence de vivre
Que du moment qu'il est entre deux vins.

Qu'un homme est donc fou lorsqu'il se délivre
De ce qui peut lui plaire et le flatter !
Un malheureux, du moment qu'il est ivre,
Ne songe plus qu'à rire et qu'à chanter.

## SUR LES QUATRE FAMEUX CABARETS DE ROME.

AIR : *Lampons.*

SUR mer fuyons les combats :
Pour moi je fais plus de cas
Des vaisseaux de la Palotte,
Que de tous ceux de la Flotte.
Lampons, lampons,
Camarades, lampons.

Le bruit court que Papachin
Nous prendra quelque matin :
Il vaut mieux baiser la mule
Du saint homme pape Jule.
Lampons, lampons,
Camarades, lampons.

Mourons où mourut Bourbon;
Il éternisa son nom,
Suivant l'histoire profane,
A Porte-Léthimiane.
Lampons, lampons,
Camarades, lampons.

J'opine à rester ici;
J'y bois fort bien, dieu merci.
J'aime mieux le mont Téracke
Que le quartier Saint-Eustache.
Lampons, lampons,
Camarades, lampons.

## LE MARI MÉCONTENT.

AIR : *De Joconde*,
ou : *Nous jouissons dans nos hameaux*.

NATURE en naissant me donna
Un rude et fâcheux père;
Puis ensuite me gouverna
Précepteur trop sévère.
Les pédans, par un correcteur,
M'ont écorché la fesse;
Et j'ai, pour comble de malheur,
Une femme diablesse.

On trouve moyen de guérir
La pierre et la gravelle ;
La peste ne fait pas mourir
Toujours, quoique mortelle :
A la mer on peut recouvrer
Un remède à la rage ;
La mort seule peut délivrer
Du mal de mariage.

## VERGIER.

(Né à Lyon en 1657, mort, assassiné par des voleurs de la bande de Cartouche, dans la rue du Bout-du-Monde, à Paris, le 16 août 1720.)

### CHANSON.

Air : *L'autre jour pour ma Cloris.*

Iris me fit serment
De son amour extrême.
Je lui dis tendrement :
Est-ce ainsi que l'on aime ?
Quand un cœur aime bien,
Ne désire-t-il rien ?

D'abord elle entendit
Un si charmant langage,
Et l'Amour étendit
Sur ses yeux un nuage.
Quand un cœur aime bien,
Ne désire-t-il rien ?

Elle s'en ressouvient,
Et me rend la pareille ;
Car souvent elle vient
Me redire à l'oreille :
Quand un cœur aime bien,
Ne désire-t-il rien ?

## AUTRE.

Sur un air de *Roland.*

Iris, est-il un cœur qui ne vous cède,
Quand vous prenez un verre à votre tour?
Le vin, qui toujours fut d'amour le remède,
Devient entre vos mains le flambeau de l'Amour.

## AUTRE.

Sur un air de *Lavinie.*

Encore un coup, qu'en peut-il arriver?
Un coup de plus nous fera-t-il crever?
C'est ce qu'un jour, buvant avec Catin,
Je lui disais, en lui versant du vin:
Encore un coup, qu'en peut-il arriver?
Un coup de plus nous fera-t-il crever?
Et ce proverbe à la belle plut tant,
Qu'elle me va sans cesse répétant:
Encore un coup, qu'en peut-il arriver?
Un coup de plus nous fera-t-il crever?

## AUTRE.

Sur un air du ballet de *Créqui.*

Parle ici sans crainte,
Boi sans contrainte;
Voici la cité
De la fidélité.

Vois Bacchus accompagné des Grâces,
Eçarter de nous feintes et grimaces,
Parle ici sans crainte.
Boi sans contrainte;
Voici la cité
De la fidélité.

Tout ce que ce vin sincère
Te fera dire, il nous le fera faire.
Sur les dieux et sur les rois, silence ;
Tout le reste est mis dans notre balance.
Parle ici sans crainte....

Ce qu'on y fait de folie,
Quand on en sort, ou se cache ou s'oublie.
Parle ici sans crainte,
Boi sans contrainte,
Voici la cité
De la fidélité.

## AUTRE.

Sur un air de *la Sarabande de madame la Dauphine.*

Courons sans crainte à des ardeurs nouvelles,
L'Amour se plaît à voir un cœur léger.
Il ne punit que les ames rebelles ;
Pourvu qu'on aime, il permet de changer.
Courons sans crainte à des ardeurs nouvelles ;
L'amour se plaît à voir un cœur léger.
Ah ! s'il voulait punir les infidelles,
Quels traits pourraient suffire à le venger !

## AUTRE.

Air :

Verse, Iris, verse sans murmure ;
Verse encore un coup, je t'en conjure,
Par notre amour, je te le jure,
Serment que mon cœur te tiendra :
Verse encor un coup, je t'en conjure ;
Bientôt il te reviendra.

Par notre amour, je te le jure,
Verse encor un coup, je t'en conjure;
Bientôt il te reviendra.
Prend que ce soit une gageure,
Chacun de nous la gagnera.
Verse encor un coup, etc.

---

## CRÉBILLON FILS.

### LE MALHEUR INOUI.

*Air connu.*

SORTEZ, démons cruels, des gouffres du Tartare,
Venez, troupe hideuse et barbare;
Rassemblez toutes vos horreurs;
Signalez vos transports, déployez vos fureurs!
Tout ce que l'enfer a d'horrible
Ne saurait plus m'épouvanter;
Je déplore un malheur mille fois plus terrible
Que je frémis à raconter.
J'ai perdu..., Non, jamais on ne le pourra croire,
J'ai perdu.... Puis-je encor survivre à mon destin?
J'ai perdu, j'ai perdu, je vous le dis enfin,
La clef de mon cellier, et j'ai dîné sans boire.

## REGNIER DESMARETS (l'abbé).

(Mort en 1713, âgé de 81 ans. Il était secrétaire perpétuel de l'Académie).

Je voudrais pouvoir rapporter ici son *Edit de l'Amour*, qui est un véritable *Art d'Aimer*, commençant ainsi :

L'Amour, maître de l'univers,
Par la grace de la nature,
A tous ceux qui verront ces vers
Salut et galante aventure.

Mais il contient plus de deux cents vers. On peut le voir dans les *Mélanges tirés d'une grande bibliothèque*, Ire partie, *de la Lecture des livres français considérés comme amusement*, pages 344 *et suivantes*.

Il a été inséré dans les Œuvres de Mme de la Suze.

### COUPLET.

Air :

Ne craignez point que votre humeur légère,
Dans ma colère,
Me fasse rien publier :
Heureux, je ne sais que me taire ;
Trahi, je ne sais qu'oublier.

# DORNEVAL.

## LA VENDANGEUSE.

Air : *V'la c'que c'est qu'd'aller au bois.*

Ma mère aux vignes m'envoyit ;
Je n'sais comment ça se fit;
En partant elle m'avait dit :
Travaille, ma fille,
Vendange, grapille.
Malgré moi Blaise m'amusit. . . .
Je n'sais comment ça se fit.

Malgré moi Blaise m'amusit,
Je n'sais comment ça se fit :
Si poliment il m'abordit !
Travaille, ma fille,
Vendange, grapille ;
Que pour lui mon cœur s'attendrit :
Je n'sais comment ça se fit.

Que pour lui mon cœur s'attendrit ;
Je n'sais comment ça se fit.
Il prit ma main et la baisit.
Travaille, ma fille,
Vendange, grapille ;
Mais ma vertu le repoussit. . . .
Je n'sais comment ça se fit.

Mais ma vertu le repoussit ;
Je n'sais comment ça se fit :
En le repoussant il glissit ;
Travaille, ma fille,
Vendange, grapille ;
Puis en tombant il m'entraînit. . . . .
Je n'sais comment ça se fit.

Puis en tombant il m'entraînit. . . .
Je n'sais comment ça se fit
Que ni moi ni lui ne se blessit :
Travaille, bon drille,
Vendange, grapille:
Stapendant le coup m'étourdit. . . .
Je n'sais comment ça se fit.

Stapendant le coup m'étourdit ;
Je n'sais comment ça se fit :
Un trait de bon vin me remit :
Travaille, bon drille,
Vendange, grapille;
Et tout-à-coup ça m'endormit . . .
Je n'sais comment ça se fit.

Et tout-à-coup ça m'endormit ;
Je n'sais comment ça se fit ;
De mon sommeil il profitit :
Travaille, bon drille,
Vendange, grapille :
Pour tous les deux il vendangit . . .
Je n'sais comment ça se fit.

Pour tous les deux il vendangit,
Je n'sais comment ça se fit ;
Si bien de sa serpe il agit,
Travaille, bon drille,
Vendange, grapille,
Que mon panier plein se trouvit :
Je n'sais comment ça se fit.

# PANNARD.

## L'AMOUR MALADE.

Air :

Un jour le petit Cupidon
Fut attaqué d'une insomnie ;
Le pauvre enfant à l'abandon
Succombait à la maladie :
Déjà, pour le mettre au tombeau,
La Parqne apprêtait son ciseau.

Toute la Faculté parut,
Et voulut lui donner de l'aide.
Toute la Faculté s'en fut,
Sans lui trouver aucun remède.
L'Hymen, par bonheur, vint le voir ;
Il dormit un peu le soir.

Nouveau secours le lendemain,
Le fit dormir une heure entière.
Toujours de mieux en mieux. Enfin,
Son frère Hymen sut si bien faire,
Que l'Amour, sans se réveiller,
Fut plus d'un mois sur l'oreiller.

## LE LIT DE L'AMOUR.

Air :

Quoique la porte soit close,
Et toute fenêtre aussi,
Quoiqu'aucun fâcheux ne cause,
Que tout jaseur soit banni,
L'Amour dort-il bien ? Nenni.
Le lit où ce dieu repose,
Par le sort fut fait ainsi :
La couverture est de rose,
Et l'oreiller de souci.

## AUTRE.

### L'AMOUR VENDANGEUR.

*Air connu.*

Un jour l'enfant de Cythère,
Panier et serpette en main,
S'offrit à Bacchus pour faire
La cueillette de son vin.

Bacchus reconnaît le traître :
Ah ! c'est vous, beau vendangeur !
Je vais vous faire connaître
Comme on traite un imposteur.

Vîte, vîte, qu'on le mette
Dans la hotte, l'étourdi ;
Qu'on le porte et qu'on le jette
Dans la cuve tout brandi.

La sentence s'exécute,
Et le pauvre Cupidon
Fut baigné dans la minute
Des pieds jusques au menton.

Il fuit enfin ; mais il reste
Dans le vin dont il sortit
Certaine vapeur funeste
Qui fait que l'on s'attendrit.

Ah ! c'est de ce vin sans doute
Qu'Iris nous verse en ce jour :
Je n'en ai bu qu'une goutte,
Et mon cœur brûle d'amour.

# DE LA MOTTE.

## CHACUN SON COUPLET.

AIR : *Réveillez-vous belle endormie.*

QUE chacun boive à ce qu'il aime ;
Rions, chantons, et buvons bien ;
Pour moi, je bois au bon vin même :
Voilà mon couplet, dis le tien.

— Je ne bois qu'à mon Isabelle,
Sans qui je ne puis aimer rien ;
Le bon vin ne vaut rien sans elle :
Voilà mon couplet, dis le tien.

— Célébrons mon épouse Hortense,
Malgré le conjugal lien ;
Mais c'est pour boire à son absence :
Voilà mon couplet, dis le tien.

— Je ne m'enivre qu'à la gloire
De Catin, qui fait tout mon bien ;
Nous nous aimons, elle sait boire :
Voilà mon couplet, dis le tien.

— Pour moi, dans cette douce guerre,
L'ami du bon vin est le mien ;
Je bois à qui remplit mon verre :
Voilà mon couplet, dis le tien.

— Quoique je sois petite fille,
Le bon vin me plaît déjà bien ;
Plus j'en bois et plus je babille
Voilà mon couplet, dis le tien. :

# GRESSET.

## LE SIÈCLE PASTORAL.

Air : *Vous qui du vulgaire stupide.*

Précieux jours dont fut ornée
La jeunesse de l'univers,
Par quelle triste destinée
N'êtes-vous plus que dans nos vers ?
Votre douceur charmante et pure
Cause nos regrets superflus ;
Telle qu'une tendre peinture
D'un aimable objet qui n'est plus.

La terre, aussi riche que belle,
Unissait, dans ces heureux tems,
Les fruits d'une automne éternelle
Aux fleurs d'un éternel printems.
Tout l'univers était champêtre,
Tous les hommes étaient bergers ;
Les noms de sujet et de maître
Leur étaient encor étrangers.

Sous cette juste indépendance,
Compagne de l'égalité,
Tous, dans une même abondance,
Goûtaient même tranquillité.
Leurs toits étaient d'épais feuillages,
L'ombre des saules leurs lambris ;
Les temples étaient des bocages,
Les autels des gazons fleuris.

Les pasteurs, dans leur héritage
Coulant leurs jours jusqu'au tombeau,
Ne connaissaient que le rivage
Qui les avait vus au berceau.
Tous, dans d'innocentes délices,
Unis par des nœuds pleins d'attraits,
Passaient leur jeunesse sans vices,
Et leur vieillesse sans regrets.

La bergère, aimable et fidèle,
Ne se piquait point de savoir;
Elle ne savait qu'être belle,
Et suivre la loi du devoir.
La fougère était sa toilette;
Son miroir le cristal des eaux;
La jonquille et la violette
Etaient ses atours les plus beaux.

On la voyait dans sa parure
Aussi simple que ses brebis:
De leur toison commode et pure
Elle se filait des habits.
O règne heureux de la nature,
Quel dieu nous rendra tes beaux jours?
Justice, égalité, droiture,
Que n'avez-vous régné toujours!

(Il est plusieurs autres couplets qu'on peut voir dans le recueil des Œuvres de Gresset. Ceux-ci doivent en faire rechercher la lecture.)

### COUPLET A MADAME TH***.

*Pour l'engager à ne plus veiller la nuit.*

AIR :

Non, non, ne veillez pas ;
Ressemblez à la rose :
C'est la nuit qui repose
Sa fraîcheur, ses appas.
Dormez toute la nuit,
Vous serez toujours belle ;
Et pour être immortelle
Couchez-vous à minuit.

---

## MAD. LA MARQUISE DU DEFFANT.

### COUPLET SUR LA MAUVAISE HUMEUR.

AIR : *Dans ma cabane obscure*,
ou : *Ça fait toujours plaisir.*

Quand l'humeur vient me prendre,
Lorsque je fais du noir,
J'écoute sans entendre,
Je regarde sans voir.
Si de ma léthargie
Je sors par un soupir,
Je sens que je m'ennuie :
Ça fait toujours plaisir.

# MONTESQUIEU (le président de)

## CHANSON, A Mme ***.

AIR :

AMOUR, après mainte victoire,
Croyant régner seul dans les cieux,
Allait bravant les autres dieux,
Vantant son triomphe et sa gloire.

Eux, à la fin, qui se lassèrent
De voir l'insolente façon
De cet orgueilleux enfançon,
Du ciel, par dépit, le chassèrent.

Banni du ciel, il vole en terre,
Bien résolu de se venger :
Dans vos yeux il vient se loger,
Pour de là faire aux dieux la guerre.

Mais ces yeux d'étrange nature
L'ont si doucement retenu,
Qu'il ne s'est depuis souvenu
Du ciel, des dieux, ni de l'injure.

### A MADAME LA MARQUISE DE BOUFFLERS.

## COUPLET.

AIR :

BOUFFLERS, vous avez la ceinture
Que la déesse de Paphos
Reçut des mains de la nature
Au débrouillement du chaos.
Si quelquefois votre parure

A des irrégularités,
Une grace qui les corrige,
Fait voir à nos yeux enchantés,
Que la beauté qui se néglige
Est la première des beautés.

---

# DIDEROT.

## AUX FEMMES.

AIR :

IL n'est sottise pour vous plaire
Qu'on ne fît chez nos bons ayeux,
Et qu'aujourd'hui pour vos beaux yeux,
On ne soit tout prêt à refaire.

Par vos rigueurs ou par vos trahisons,
J'ai vu l'un s'en aller, la tête la première,
Finir sa peine au fond de la rivière ;
Un autre la traîner aux petites maisons.

Vous disposez de la balance
Entre les mains du magistrat :
Pour vous le héros de la France
Trahit un jour le secret de l'Etat.

Crésus regorgeoit de richesses ;
Il rencontre Thémire au bal :
Crésus pressé par la détresse,
Va du boudoir à l'hôpital.

Oubliant le peu de génie
Que nature m'avoit donné,
Moi, j'ai perdu les trois quarts de ma vie
A soupirer aux genoux de Phryné.

De vos talens, de votre sortilége,
Mesdames, félicitez-vous :
Oh ! l'admirable privilége,
Que celui de nous rendre fous !

---

## LE MARQUIS DE PEZAY.

### A ROSETTE.

*Air connu.*

J'AIME Rosette à la folie:
L'amour l'a faite si jolie !
Qui n'en serait point amoureux ?
Qu'elle soit tendre autant que belle,
A jamais je lui suis fidèle,
Et gaiment nous vivrons tous deux.
J'aime bien; mais je veux qu'on m'aime ;
Les faveurs me font aimer mieux,
Et je n'ai point l'honneur suprême
D'être constant sans être heureux.

Pourquoi reprocher à Rosette
Si Dieu la fit un peu coquette ?
Coquette en amour, quel bonheur !
Un instant de coquetterie,
Du caprice et de la folie,
Que de volupté pour un cœur !
Mais il faut jouir quand on aime ;
Coquette, alors, ton art vaut mieux ;
Tu rirais, conviens-en toi-même,
D'un cœur constant sans être heureux.

Rosette, je suis ton esclave,
Et si tout haut mon cœur te brave,
Tout bas il palpite d'amour :
Je suis bien loin d'être infidèle ;
Mais si tu fais trop la cruelle,
Cela pourrait venir un jour.
Couronne donc l'amant qui t'aime ;
Sois coquette après si tu veux :
Mais j'ai pour maxime suprême
D'être inconstant ou très-heureux.

## LE SORT DES FLEURS.

AIR :

LA fleur printanière
Qui naît la première,
Au premier beau jour,
Tant qu'elle est nouvelle,
Voit Zéphir près d'elle,
Soupirer l'amour :
Mais, par la rosée,
Qu'une autre arrosée
Vienne à s'entr'ouvrir,
Dès que sur sa tige
Ce dieu qui voltige
L'aperçoit fleurir,
La fleur printanière
Qui fut la première
Éclose en ce jour,
A la plus nouvelle,
Voit Zéphir loin d'elle
Porter son amour.

## LES CHIFFRES EFFACÉS.

AIR :

SUR le sable de ces rives,
Nos chiffres par toi tracés,
Par les ondes fugitives
Furent bientôt effacés ;
Mais cet amoureux emblême,
Malgré sa fragilité,
Dura plus que l'amour même,
Qu'il avait représenté.

## LE SOUVENIR.

AIR :

EH quoi ! déjà sitôt passée !
Nuit heureuse ! amoureuse nuit !
Avec toi mon bonheur s'enfuit :
Mais il m'en reste la pensée.
Oui, la mémoire fait jouir ;
C'est un de nos plus doux partages ;
Plaisirs, vous seriez trop volages,
Sans le bienfait du souvenir.

---

# BERTIN.

## NE SAIS COMMENT.

## CHANSON.

AIR :

LISON guettait une fauvette
Dans un buisson ;
Tout auprès, l'Amour en cachette
Guettait Lison.

L'oiseau s'enfuit ; l'autre surprise
Par un amant,
Au trébuchet se trouva prise,
Ne sais comment.

« Laissez-moi rejoindre ma mère
» à la moisson.
— « Il me faut deux baisers, ma chère,
» Pour ta rançon. »
La belle fit, pour se défendre,
Un mouvement ;
Mais Lucas eut l'art de les prendre,
Ne sais comment.

« Je sens la volupté secrette
» D'un baiser pris ;
» Mais ceux que donne une fillette
Ont plus de prix. »
Lison soupire et s'abandonne
Au sentiment.
Reprend les baisers, les lui donne,
Ne sait comment.

— « Que je prenne encor cette rose
» Sur ton beau sein ! »
— « Non, finissez, non, je m'oppose
» A ce larcin. »
Elle s'oppose, la pauvrette
Si doucement,
Qu'on lui prit sa fleur sur l'herbette,
Ne sais comment.

## SAINT-PERAVI.

### L'AMOUR ET LA FOLIE.

AIR :

J'AVAIS juré d'être sage ;
Mais avant peu j'en fus las :
O raison ! c'est bien dommage,
Que l'ennui suive tes pas.

J'eus recours à la folie,
Je nageai dans les plaisirs :
Le temps dissipa l'orgie,
Et je perdis mes désirs.

Entre elles je voltigeai :
L'une à l'autre peu ressemble ;
Mais je les apprivoisai
Pour les faire vivre ensemble.

Depuis, dans cette union,
Je coule ma douce vie :
J'ai pour femme la raison,
Pour maîtresse la folie.

Tour à tour mon goût volage
Leur partage mes désirs ;
L'une a soin de mon ménage,
Et l'autre de mes plaisirs.

ROCHON DE CHABANNES.

## COUPLET IMPROMPTU

*A Mad.***, en soupant chez elle.*

AIR :

De présider à mes ans
Trois dieux disputaient la gloire ;
Phébus m'offrit de l'encens,
Et Bacchus m'offrit à boire.
Ils sont séduisans tous deux :
Que fit le Dieu de Cythère ?
Le fripon, plus malin qu'eux,
Me fit souper chez sa mère.

---

# ROCHON DE CHABANNES.

## DORIS ET COLIN.

AIR : *Enfans de quinze ans,*
ou : *Dodo, l'enfant do.*

CLORIS et Colin sont amans,
Et n'ont de bien que leur tendresse ;
Doris et Colin sont contens,
Vont dansant et chantant sans cesse :
Une fois que l'on s'aime bien,
Tenez, on ne manque de rien.
  Aimons, aimons tous,
Il n'est pas de bien plus doux.

Le monde est pour eux sans attraits,
Ils trouvent la foule gênante :
Ils n'ont pas besoin d'un palais ;
Une grotte seule les tente.
Une grotte ! Ah ! l'heureux séjour !
C'est tout ce qu'il faut à l'amour.
  Aimons. . . . . .

La faveur que leur tendre amour
Désire du reste du monde,
C'est de les laisser nuit et jour
Dans leur solitude profonde.
Dans l'univers, pour vivre heureux,
N'est-ce pas assez d'être deux?
Aimons. . . . . .

Si Colin promène ses yeux
Sur les richesses de la terre,
Colin n'en paraît envieux
Que pour en combler sa bergère :
Il donnerait pour un baiser
Tout ce qu'on peut en amasser.
Aimons. . . . . .

Les roses qui flattent ses yeux,
Le sein de Doris les recèle;
Les parfums les plus précieux
Sont sur les lèvres de la belle;
Les trésors dont il est épris,
Sont ceux qu'il dérobe à Doris.
Aimons. . . . .

Si Doris et Colin distraits
Contemplent quelque fleur nouvelle,
Colin, dit-elle, est bien plus frais;
Doris, dit-il, est bien plus belle.
S'ils sont tentés de la cueillir,
C'est tous les deux pour se l'offrir.
Aimons. . . . . .

Des prés et des vallons charmans
La tendre et riante verdure,
Est pour nos jeunes amans
Un lit dressé par la nature:
L'Amour caché sous ce tapis
Arrête Colin et Doris.
Aimons, aimons tous,
Il n'est pas de bien plus doux.

# BONNIER DE LAYENS.

## LE PREMIER JOUR QU'ON AIME.

*Air connu.*

J'AVAIS à peine dix-sept ans,
Que je brûlais pour Nice ;
Nice avait vu dix-sept printems
Et n'était pas novice ;
J'aimais pour la première fois,
Nice pour la troisième ;
Mais est-on maître de son choix,
Le premier jour qu'on aime ?

J'étais amoureux comme cent :
Nice me parut belle :
Au récit de mon feu naissant,
Nice fit la cruelle.
De mépris elle sut armer
Ses yeux, son maintien même ;
En faut-il plus pour alarmer,
Le premier jour qu'on aime ?

J'osai m'écrier cependant :
« Nice, daignez m'entendre ! »
— » Non, reprit-elle, en minaudant,
« Non, cessez d'y prétendre. »
J'en conviens, ce froid inoui
Me mit hors de moi-même :
Sait-on que *non* veut dire *oui*,
Le premier jour qu'on aime ?

Que j'étais fou d'appréhender
Cette aimable colère !
On s'obstinait à me gronder :
Mais on ne fuyait guère.

Nice ne gronda point toujours :
C'était un stratagême :
mais connaît-on tous ces détours,
Le premier jour qu'on aime ?

Bientôt un souris caressant
Dissipa cet orage ;
Du calme qui vint renaissant,
Un baiser fut le gage.
Lui seul suffit pour m'embraser ;
Mon plaisir fut extrême :
Qu'on sent bien le prix d'un baiser,
Le premier jour qu'on aime !

D'abord en avouant mon feu,
Un mot était un crime ;
Quand je fus bien loin de l'aveu,
Tout parut légitime....
On convaincrait dans ces momens,
L'innocence elle-même :
On est bien fort en argumens,
Le premier jour qu'on aime.

---

## L'ABBÉ DE VOISENON.

### L'AMOUR DANS LE VIN.

AIR :

L'Amour, en badinant, volait sur un pressoir,
La couleur du nectar, son odeur le charmèrent ;
Et, tenté d'en goûter, ce dieu s'y laissa cheoir :
Son carquois s'en remplit, ses traits s'en abreuvèrent.
De là vient qu'aujourd'hui l'on voit tous les amans,
Saisis d'une noble tendresse,
Entre le vin et leur maitresse,
Partager leurs plus doux momens.

## SEDAINE.

### BOIRE ET DORMIR.

AIR : *A vos genoux, ô ma belle Eugénie,*
ou : *Triste raison.*

A tous les maux qu'ici-bas l'on endure,
Sommeil paisible est un baume divin;
Boire et dormir, voilà, je vous assure,
Les plus grands biens du pauvre genre humain.

Si regrettant une amante parjure,
A votre cœur la raison parle en vain,
Buvez, amis, dormez sur la blessure,
On est guéri du soir au lendemain.

L'homme murmure au sein de l'indigence,
De son étoile il maudit la rigueur :
Ah! croyez-moi, ce n'est pas l'opulence,
C'est le repos qui donne le bonheur.

Que sert l'argent à l'avare qui veille
Toujours tremblant auprès de son trésor?
L'or enterré ne vaut pas ma bouteille,
Quand je l'emplis pour la vider encor.

## LE MARQUIS DE BIÈVRE.

### REGRETS D'UN AMANT.

AIR :

DOUCE crédulité, flatteuse confiance,
Seul bonheur des amans, je vous perds pour toujours;
De l'ingrate Zélis j'ai connu l'inconstance;
Non, je ne croirai plus aux constantes amours.

Peut-être j'oublirai l'objet qui m'a su plaire;
Mais que je vous regrette, illusion trop chère !
Par vous tout s'embellit, vous charmez mon erreur ;
Et par vous le prestige allait jusqu'à mon cœur.

Ah ! remplissez encore un cœur aussi fidèle ;
Et s'il faut qu'à l'Amour il ne puisse échapper,
Ecartez loin de lui la vérité cruelle ;
Mais que ce soit Zirphé qui daigne me tromper !

## MASSON.

### LES HEUREUX EFFETS.

AIR :

L'AUTRE matin je vis Thémire ;
La belle a neuf lustres passés :
Mais on m'honora d'un sourire,
Et voilà dix ans d'effacés.

A cet âge on est peu farouche,
Sur-tout quand on est sans témoins ;
Je cueille un baiser sur sa bouche,
Et c'est encor dix ans de moins.

Un soupir alors m'encourage ;
Déjà, dans mes transports brûlans,
Tous ses appas sont au pillage,
Et voilà Thémire à quinze ans.

## LE MARQUIS DE THYARD.

### BOUTADE.

AIR :

QU'AI-JE gagné d'être amoureux,
Disais-je en mon impatience ?
J'aimai Cloris, et tous mes feux
Furent payés d'indifférence.

Eglé m'aimait, ou, pour le moins,
Elle me l'avait fait entendre :
Damon, sans peines et sans soins,
La ravit à mon cœur trop tendre.

Hortense après sut me dompter ;
Long-tems j'aimai sans espérance :
Licas n'eut qu'à se présenter
Pour émouvoir le cœur d'Hortense.

J'eus peine à retirer mon cœur ;
Mais enfin je l'offris à Lise :
Elle l'accepta sans rigueur ;
Qui n'eût cru qu'elle était éprise ?

Mais la coquette à mes rivaux
Avait fait la même promesse,
Et tous les jours d'amans nouveaux
Je la vois flatter la tendresse.

Amour ! Amour ! puisqu'à tes lois
Tu ne veux pas me voir rebelle,
Fais donc enfin, fais qu'une fois
Je trouve une femme fidèle !

---

## LA TRÉMOUILLE (duc de Thouars).

### COUPLET A MADAME ***

AIR :

DANS ces prés fleuris une abeille
Vole et vient s'enrichir d'un précieux butin ;
Mais voit-on sur la fleur les traces du larcin ?
Le baiser que j'ai pris sur ta bouche vermeille,
En me rendant heureux te laisse ta beauté :
Rose aimable, je suis l'abeille ;
Mon bonheur ne t'a rien coûté.

### AUTRE COUPLET A LA MÊME.

Air :

Dans ces hameaux, il est une bergère
Qui soumet tout au pouvoir de ses lois.
Ses grâces orneraient Cythère ;
Le rossignol est jaloux de sa voix.
J'ignore si son cœur est tendre :
Heureux qui pourrait l'enflammer !
Mais qui ne voudrait pas aimer,
Ne doit ni la voir ni l'entendre.

---

## DE LA BERGERIE (Gilles-Durant, sieur).

(Il est mort en 1614, âgé de plus de 60 ans).*

### LE SONGE.

Air :

Doux sommeil ! doux repos !
Qui m'as fait voir ma belle !
Doux devis, doux propos
Que j'ai eus avec elle !
Toujours sans m'éveiller
Puissé-je sommeiller !

Bien que cher m'ait vendu
Amour ce doux mensonge,
Ce n'est pas tout perdu
Que d'être heureux en songe.
Toujours, sans m'éveiller,
Puissé-je sommeiller !

* C'est par inadvertance qu'il n'a pas été placé dans le commencement de ce Supplément.

Je ne vis qu'en tourment,
Tandis que le jour dure ;
Mais la nuit va charmant
La peine que j'endure.
Toujours, sans m'éveiller,
Puissé-je sommeiller !

Soleil, tiens-toi reclus
Désormais dessous l'onde,
Et ne t'avance plus
A luire à notre monde ;
Oui, sans me réveiller,
Laisse-moi sommeiller !

---

## DARNAUD-BACULARD.

### L'EMPLOI DU TEMPS.

AIR :

VIVONS, mes chers amis, hâtons-nous de cueillir
Le peu de fleurs que le plaisir
Sur nos pas a fait naître :
Oublions le passé qui ne peut revenir,
Et sans compter sur l'avenir,
Qui nous affligera peut-être,
Saisissons le présent, employons à jouir
Ce temps si précieux que l'on perd à connaître.

---

## SAINT-LAMBERT.

### LES CAPRICES.

AIR :

MON destin auprès de Climène
Varie à chaque instant du jour ;
Un caprice inspire sa haine ;
Un autre lui rend son amour.

Elle m'a dit : Lindor, je t'aime;
Ton cœur a mérité ma foi ;
Elle m'a dit à l'instant même :
Lindor, je me moquais de toi.

Au moment où sa voix m'appelle,
Climène songe à m'éviter.
Je ne vais chercher auprès d'elle
Que le regret de la quitter.

Elle est triste dans mon absence,
Et méprise alors mes rivaux ;
Elle les vante en ma présence,
Et leur parle de mes défauts.

Mes tourmens pour elle ont des charmes,
Elle cherche à les irriter ;
Et je la vois verser des larmes
Lorsque je viens les lui conter.

Je lui portais les fleurs qu'elle aime :
Elle les prit avec dédain ;
Elle me donne le soir même
La rose qui parait son sein.

Un jour Climène, moins cruelle,
Avait pris soin de me calmer,
Et je m'enivrais auprès d'elle
Du bonheur de plaire et d'aimer.

Dans la plus profonde tristesse
Je la vis bientôt se plonger ;
Je l'offensais par mon ivresse :
Mes plaisirs semblaient l'affliger.

Elle est simple, sans artifice,
Nul amant n'a tenté sa foi ;
Et fidèle dans ses caprices,
Elle n'aime et ne hait que moi.

6.

Beauté si douce et si terrible,
Souvent aimé, jamais heureux ;
Que tu sois cruelle ou sensible,
Je n'en suis pas moins amoureux.

Par tes rigueurs ou ton absence,
Cesse de déchirer mon cœur ;
Je t'aimerais sans inconstance,
Quand tu m'aimerais par humeur.

### EGLÉ.

AIR :

LA jeune Eglé, quoique très-peu cruelle,
D'honnêteté veut avoir le renom :
Prudes, pédans, vont travailler chez elle
A réparer sa réputation.
Là, tout le jour, le cercle misantrope,
Avec Eglé médit, fronde l'amour :
Hélas ! Eglé, semblable à Pénélope,
Défait la nuit tout l'ouvrage du jour.

---

## LEBRUN.

### LA RAISON ENIVRÉE PAR L'AMOUR.

AIR : *Jupiter prête-moi ta foudre.*

LA raison, sous une treille,
Vit un jour l'enfant aîlé,
Qui, de sa coupe vermeille,
Choquait la coupe d'Eglé.

« Mes enfans, craignez, dit-elle,
Craignez les dons de Bacchus :
Par sa liqueur infidelle
Bientôt vous seriez vaincus. »

« Ma bonne, répond l'espiègle,
Vous parlez bien; grand merci,
Vous serez toujours ma règle ;
Mais buvez un coup aussi. »

En vain la grondeuse élude,
Amour la presse en riant,
Et d'étourdir une prude,
Bacchus est impatient.

La Raison, prenant un verre
Plein du nectar ennemi,
De si près lui fait la guerre,
Qu'elle le vide à demi.

Dans sa docte véhémence
Contre un jus pernicieux,
Elle achève et recommence,
Trouvant qu'elle en parlait mieux.

Grace au breuvage perfide,
La Raison toujours parlant,
Heureuse qu'Amour la guide,
S'en retourne en chancelant.

---

## J. DELILLE.

Chanson demandée par des Jeunes Gens de Saint-Diez, qui donnaient une Fête aux Jeunes Demoiselles de la ville.

AIR :

Le printemps vient, que tout s'empresse
A fêter l'âge des amours :
Quand sied-il mieux de chanter la jeunesse,
Que dans la saison des beaux jours ?

Tout s'embellit par la jeunesse ;
Pour nous le fer arme ses mains ;
Elle eut ses fêtes dans la Grèce,
Elle eut ses jeux chez les Romains.

Toi-même, à la fête des Grâces,
Vieillesse, parais à ton tour :
Comme l'hiver, chauffe tes glaces
Aux rayons naissans d'un beau jour.

O toi, jeunesse séduisante,
Ne refuse pas son doux prix
Au poète heureux qui te chante ;
Tu peux le payer d'un souris.

Si la vieillesse obtient pour elle
Quelque jour les mêmes faveurs,
Pour rendre la fête plus belle,
Jeunesse, fais-en les honneurs.

Alors si j'y parais moi-même,
Honore-moi d'un doux accueil ;
Et que le chantre heureux qui t'aime,
Soit favorisé d'un coup-d'œil.

Ainsi la complaisante Aurore,
Au front jeune, au regard serein,
Permet que le soir se colore
De quelques rayons du matin.

---

## MASSON DE MORVILLIERS.

### LE CHARME DE L'AMOUR.

AIR :

OUI, c'en est fait, je veux rompre mes chaînes.
Adieu Zélis, Amour, Grâces, Beauté :
Tous vos plaisirs, qui sont aussi des peines,
Ne valent pas ma douce liberté.

Viens, dit Bacchus, mon remède est suprême ;
Bois et guéris, c'est l'affaire d'un jour.
— Mais plus je bois, plus je sens que je l'aime ;
Bacchus, hélas, s'entend avec l'Amour.

Lors Apollon : tiens, dit-il, prends ma lyre ;
Vénus, Hébé vont sourire à tes vers.
— Zélis suffit : fais qu'elle aime à les lire :
Seule à mes yeux Zélis est l'univers.

Et moi, dit Mars, couvre-toi de mes armes ;
Je te rendrai le plus grand des guerriers.
— La simple fleur dont elle arme ses charmes,
A plus d'attraits pour moi que les lauriers.

Puisqu'aucun d'eux n'a pu rompre tes chaînes,
Me dit l'Amour, reprends ta liberté.
— Arrête, hélas, je préfère mes peines ;
Mon tourment même est une volupté.

---

## FRANÇOIS DE NEUFCHATEAU.

### A une Jolie Femme, qui voulait que l'Auteur fît un Couplet sur ses genoux.

Air : *Triste raison.*

Sur vos genoux, ô ma belle Eugénie !
A des couplets je songerais en vain ;
Le sentiment vient troubler le génie,
Et le pupitre égare l'écrivain.

On peut voir dans l'Almanach de Bacchus, son *Buveur Philosophe*, dont le refrein est :

Croyez-moi, buvons à longs traits,
O mes amis, et buvons frais.

On trouve cet Almanach chez Béchet, éditeur du présent Recueil.

# PONS DE VERDUN.

## Couplets à une Jolie Femme dont il ignorait le nom.

Air : *Bouton de Rose.*

Je nomme Rose
Celle qui trouble ma raison :
Si le mot doit peindre la chose,
Elle a droit à ce joli nom,
Comme une rose.

Comme une Rose,
Depuis qu'elle a su m'attirer,
Le cœur me bat saus nulle pause ;
Je brûle de la respirer
Comme une rose.

Comme une Rose,
Elle enivre sans y penser ;
Et le sentiment qu'elle cause,
N'est pas de ceux qu'on voit passer
Comme une rose.

## L'EFFET DU RETOUR.

### COUPLET.

Air :

Depuis qu'au retour de l'armée
Linval est venu la voir,
Presque tout le jour enfermée,
Lise ne sort plus que le soir :
Prompte à rêver, prompte à s'asseoir,

Elle a la voix moins argentine,
L'œil moins vif, l'humeur moins badine :
Ou ses habits sont trop étroits,
Ou sa taille n'est plus si fine :
Je ne dis pas ce que j'en crois ;
Mais j'ai peur qu'on ne le devine.

### AUTRE.

AIR :

SI d'une beauté cruelle
L'Amour te fait raffoler ;
Malgré ses rigueurs, près d'elle
Si tu te sens rappeler ;
Après l'écrit le plus tendre,
Joint au plus tendre parler,
Si tu ne dois rien attendre,
Tu feras bien de te pendre,
Et mieux de te consoler.

---

## MILLEVOYE.

### LE DÉLIRE BACHIQUE.

AIR : *des Trembleurs.*

MES amis, prêtez l'oreille ;
Verse-moi, dieu de la treille,
Ta liqueur douce et vermeille :
Apollon, garde ton eau ;
C'est le bon vin qui m'inspire,
Il humecte mon délire ;
Une bouteille est ma lyre,
Et mon Parnasse un tonneau.

Je ne connais qu'un grand homme,
Et c'est Noé qu'il se nomme ;
A ce saint que mon cœur chomme,
J'ai juré dévotion :
Noé, dont l'humeur bénigne,
Nous enrichit de la vigne,
Bien plus qu'un autre était digne
Du brevet d'invention.

La religion antique
Me semble assez poétique;
Mais elle est trop aquatique,
Et c'est un triste tableau.
De Jouvence et d'Hypocrène
J'aime fort peu la fontaine :
Je vois surtout avec peine
Tantale le bec dans l'eau.

Le Phlégéton redoutable
Et le Styx épouvantable
N'ont rien de fort délectable,
N'en déplaise à Jupiter :
Dans sa rigueur incroyable,
Le Destin impitoyable,
Pour qu'il soit plus effroyable
A mis de l'eau dans l'Enfer.

---

## DE JOUY.

### LE LIT ET LA TABLE.

AIR : *La bonne aventure, oh ! gai !*

Il faut régler ses désirs,
  Dit un sage aimable,
Et faire entre les plaisirs
  Un choix raisonnable.

Des biens je fais peu de cas,
Et je ne me plaindrai pas,
Si j'ai toujours ici-bas
Bon lit, bonne table.

J'ai parcouru vainement
La terre habitable ;
A quoi tout ce mouvement
Est-il profitable ?
Que gagne-t-on à changer ?
Sans aller chez l'étranger,
Bornons-nous à voyager
Du lit à la table.

Damis voit dans la grandeur
Un bien désirable ;
Pour moi je crois le bonheur,
Chose préférable.
L'homme heureux, sans se montrer,
Cherche à se faire ignorer,
Satisfait de figurer
Au lit, à la table.

Amour, appétit, valeur,
Ont un coin semblable ;
Bon estomac d'un grand cœur
Est inséparable ;
Pour théâtre, à des exploits
Moins brillans, mais plus courtois,
Un héros choisit par fois
Le lit et la table.

Sans profaner des Latins
La langue admirable,
Imitons de leurs festins
L'ordonnance aimable :
Ce peuple s'y connaissait,
Et savait ce qu'il faisait
Lorsqu'ensemble il unissait
Le lit et la table.

## DE LA HAYE, FILS.

### MA PHILOSOPHIE.

AIR : *De la Cavatine du Bouffe et le Tailleur.*

A l'hôte qui me traite,
Je dois ;
Mais rien ne m'inquiète,
Je bois.
Sans argent, qu'ai-je à faire?
Je dois
Boire pour me distraire ;
Je bois.

J'ai dit : adieu, bouteille !
Je dois.
Ce matin je m'éveille,
Je bois.
Qu'ici le bouchon saute !
Je dois
Boire encor cette faute ;
Je bois.

### LE LENDEMAIN.

AIR : *Lestement quand on est jeune.*

LE buveur chante la treille,
L'amant chante son amour ;
Plus d'un aveugle m'éveille,
En chantant *le Point du Jour.*
On chante le matin,
La nuit, le soir et la veille ;
Aujourd'hui pour refrain
Je chante le lendemain.

Le jour de son mariage,
Lubin disait : « Quel bonheur !
J'épouse une femme sage ;
Moi seul ai touché son cœur ;
  Bientôt, grace à l'hymen,
Je serai père, je gage.... »
  Mais le pauvre Lubin
Le fut dès le lendemain.

La vie est un court passage
Qu'on doit semer de plaisirs ;
Embellissons le voyage
Par d'aimables souvenirs.
  Du présent plus certain,
Jouissons, nous dit le sage ;
  Mais gardons en chemin
L'espoir pour le lendemain.

Couplets où la gaieté brille,
Refrains joyeux et malins,
Pointe d'esprit qui pétille,
Font l'ame d'un bon festin.
  Chantons, point de chagrin ;
Amis, restons en famille ;
  Et, le verre à la main,
Attendons le lendemain.

## LE CŒUR ET L'ESTOMAC.

### CHANSON ÉROTICO-GOURMANDE.

AIR : *J'ai vu partout dans mes voyages.*

AMIS, que votre goût m'éclaire...
Quand je trouve un joli minois,
Quand je rencontre bonne chère,
J'éprouve l'embarras du choix :

De grace, faites-moi connaître,
Pour me préserver de l'erreur,
Si l'appétit que je sens naître
Vient de l'estomac ou du cœur.

S'il faut qu'ici je vous le dise,
Mes défauts sont assez nombreux,
Et je m'accuse avec franchise
D'être gourmand, d'être amoureux.
Sans ces défauts, de ma jeunesse
Les jours seraient-ils plus heureux?...
Mon cœur est rempli de faiblesse;
Mais j'ai l'estomac vigoureux.

J'entends ma belle qui s'approche,
Mon tendre cœur a palpité;
Du dîné l'on sonne la cloche,
Mon estomac est agité.
Dois-je laisser de ma maîtresse
Refroidir le cœur chagriné,
Ou bien dois-je pour la tendresse
Laisser refroidir le dîné?

Chacun d'eux a même puissance;
Chacun d'eux veut être écouté.
Qui donc aura la préférence?
Est-ce la table ou la beauté?
Dans cette inquiétude étrange,
Je ne sais quel besoin calmer.
Si mon estomac me dit: Mange;
Mon cœur me dit: Il faut aimer.

Ah! qu'une maîtresse jolie
A d'empire sur un amant!
Ah! qu'une table bien servie
A de charmes pour un gourmand!
Dieux! quel plaisir quand une belle
Nous offre un plat délicieux,
De le dévorer auprès d'elle,
Et de la dévorer des yeux!

Mais en vain ici je raisonne
Sur l'amour et sur l'appétit;
Je sens que mon cœur m'abandonne,
Que mon estomac dépérit.
Hélas ! dans ma peine cruelle,
Mes amis, ne me laissez pas
Mourir d'amour près de ma belle,
Ou de faim près d'un bon repas.

(Voyez ses autres chansons, non moins agréables, dans les *Chansonniers des Grâces*, d'où celles-ci sont tirées.)

---

# ANONYMES.

## LA NOUVELETTE.

AIR :

Il est certain qu'un jour de l'autre mois,
M'est advenu très-merveilleuse chose :
Toute seulette étais au fond du bois,
Vint mon ami plus beau que n'est la rose.
Il me baisa d'un baiser sage et doux,
Et puis après il me fit chose amère,
Si que je dis, avec un grand courroux,
Tenez vous coi ! j'appellerai ma mère.

Il est certain qu'il devint tout transi,
Voyant courir larmes sur mon visage ;
A jointes mains il me cria merci,
Et cela fit que je fus moins sauvage.
Quand il me vit que je parlais si doux,
L'ami s'y prit de tant belle manière,
Que je lui dis, sans avoir de courroux,
Tenez-vous coi ! j'appellerai ma mère.

Il est certain que lors il m'arriva
Chose nouvelle, à quoi n'étais pas faite,
Et quasi morte, un baiser m'acheva,
Qui me rendit les yeux clos et muette ;
Puis m'éveillai, mais d'un réveil si doux,
Que remourus, tant il m'avoit su plaire !
Enfin besoin ne fut d'être en courroux :
Il devint coi, sans qu'appellai ma mère.

## LE CHOIX DU BAISER.

AIR :

Sur le point le plus délicat
Qui puisse intéresser des belles,
L'Amour fit naître un grand débat
Entre trois jeunes pastourelles.

De tous les baisers qu'un amant
Peut obtenir de sa maîtresse,
Elles voulaient absolument
connaître le baiser charmant
Qui plaît le plus à la tendresse.

Chacun a son goût là-dessus :
Zéphire baise le sein de Flore,
Titon les beaux yeux de l'Aurore,
Et Mars les lèvres de Vénus.

Les trois bergères consentirent
A nommer juges trois bergers ;
Pour récompense elles promirent,
Comme de raison, trois baisers.

A l'instant elles aperçurent
Hilas et Colin et Daphnis ;
A l'instant les nouveaux Pâris
Près de nos belles accoururent.

On les instruisit du procès,
Et l'on n'eut garde de leur taire
Le prix charmant de leurs arrêts :
Plus d'un pour le même salaire
fût rendu par fois au palais.

« Moi, dit Daphnis, j'aime la rose :
» Rien n'est si doux que cette fleur ;
» Mais encor, pour plus d'une cause,
» Le baiser sur bouche mi-close,
» Semble le plus doux à mon cœur.

» Moi, j'aime un beau sein qui palpite,
» Reprit le jeune Hilas soudain ;
» J'aime par un tendre larcin
» A le faire battre plus vîte :
» O volupté ! rien ne t'invite
» Comme un baiser pris sur le sein.

» Et moi, dit l'amant de Glycère,
» L'amoureux et tendre Colin,
» C'est le baiser.... pris sur la main
» Qu'à tout autre mon cœur préfère ;
» Car c'est le seul qu'à ma bergère
» Je ne demande pas en vain. »

## COUPLET IMPROMPTU.

Fait un jour où l'on pendait la Crémaillère chez Madame ***.

AIR : *La bonne aventure, oh ! gai.*

COMME de vrais sans-souci,
Donnons-nous carrière :
Près des belles que voici
Liberté plénière ;
Surtout point d'amant transi,
Car il ne doit pendre ici
Que la crémaillère, oh ! gai,
Que la crémaillère.

PAR P. D. V.

# APPENDICE.

## FROISSARD.

(Poète et historien du quatorzième siècle, né en 1336, mort en 1400.)

### CHANSON (1) CHANTÉE PAR UNE JEUNE FILLE.

AIR :

JEUNE beauté doit, dit-on,
Etre orgouillousette (2) ;
On reconnaît à ce ton
Noble pucelette (3).
Hier au hasard me levai
Dès la matinée,
Au jardin me promenai
Dessous la feuillée ;
Déjà me couchais parmi
La naissante herbette,
Quand je vis mon doux ami
Cueillant la fleurette.

Comment gronder un amant
De sa diligence ?
J'écoutai son compliment
Avec complaisance :
D'un bouquet il me fit don.
Simplette, doucette,
J'oubliai cette leçon
Que l'on m'avait faite :
Jeune beauté doit, dit-on,
Etre orgouillousette ;
On reconnaît à ce ton
Noble pucelette.

(1) Si j'avais connu plustôt cette chanson de Froissard, j'aurais fait remonter mon Recueil à son époque.

(2) Fière et réservée.

(3) Fille bien élevée.

# TABLE ALPHABETIQUE.

FIN DE LA TABLE

www.ingramcontent.com/pod-product-compliance
Ingram Content Group UK Ltd.
Pitfield, Milton Keynes, MK11 3LW, UK
UKHW020407230726
13925UKWH00003B/1295